改訂版

ある子どもの詩の庭で

ロバート・ルイス・スティーヴンソン＝詩
イーヴ・ガーネット＝絵
まさき・るりこ＝訳

瑞雲舎

A Child's Garden of Verses

by Robert Louis Stevenson 1885

Illustrations by Eve Garnett

もくじ

子どもがひとりで

庭で

おわりに

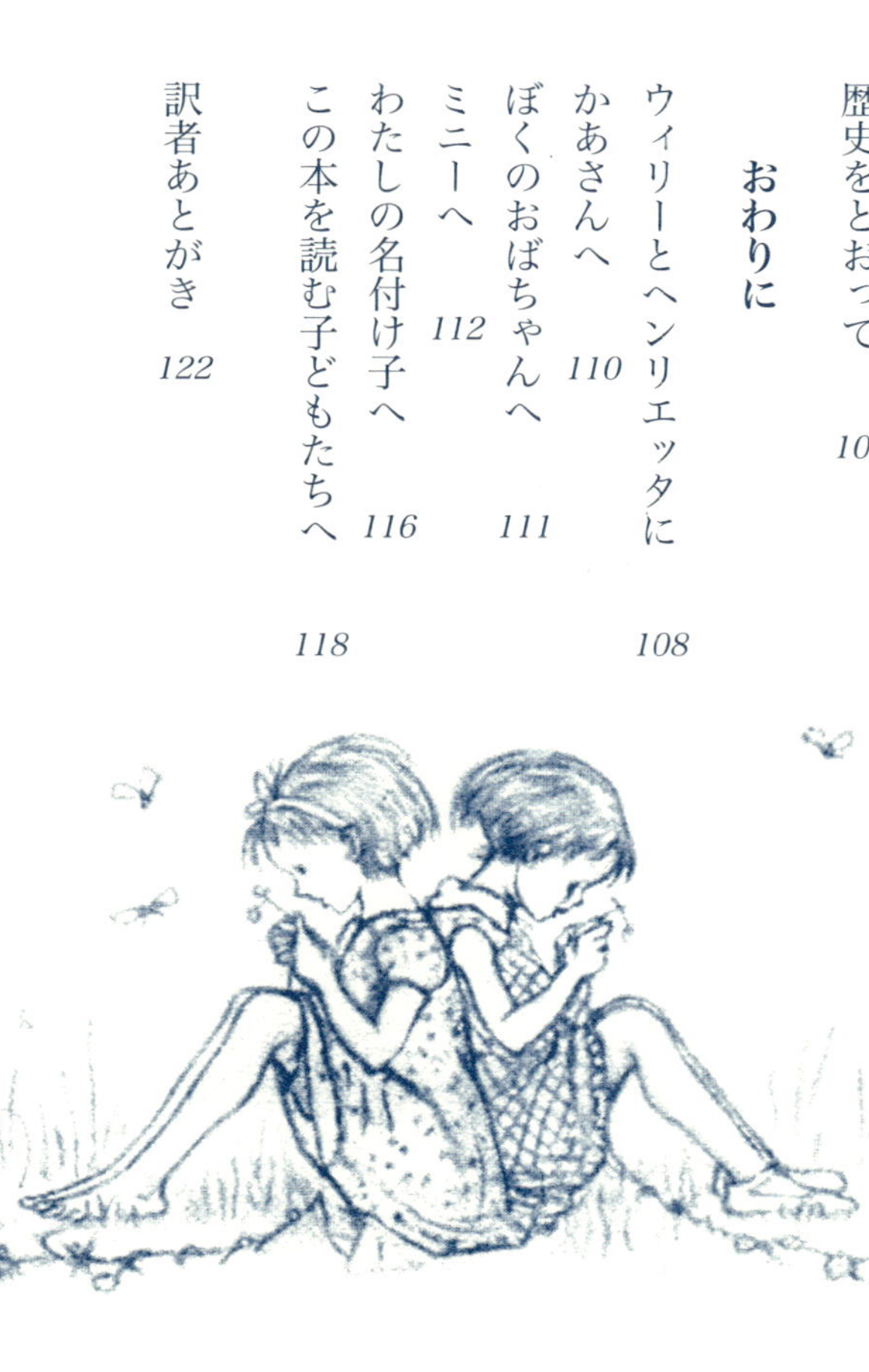

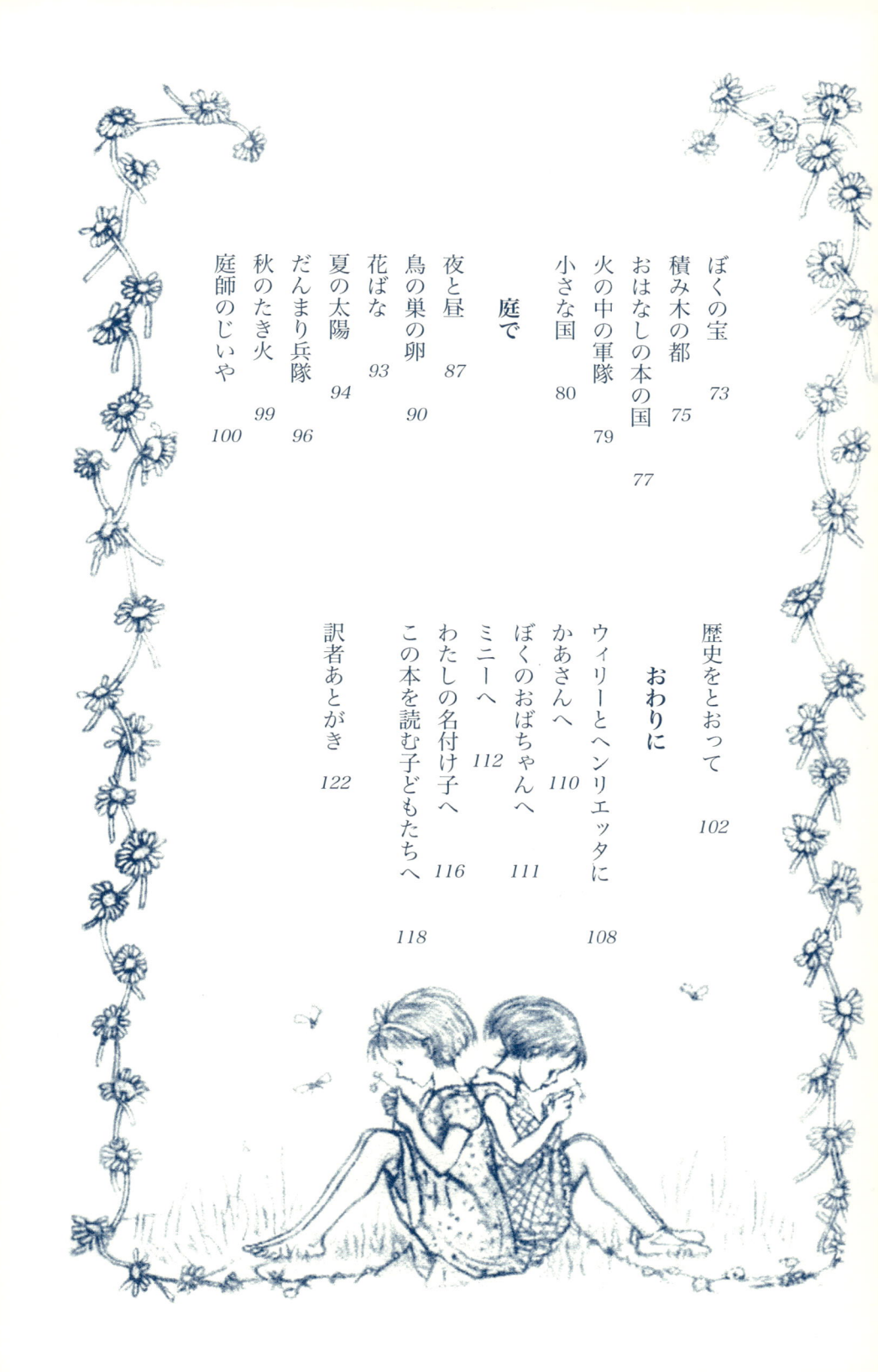

献辞

アリソン・カニンガムへ　　あなたの「ぼうや」より

長い夜な夜ないく晩も、あなたは目覚めて起きていた
しがない子どものこのぼくを、あなたはじっと見守っていてくれた
苦しい道をぼくが行く時
あなたの暖かい手が、ぼくを慰め、導いてくれた
あなたが読んでくれたお話の本
苦痛をやわらげてくれたあなたの声
はるか昔の子どもの日々の、悲しみも喜びも
あなたはぼくと分かち合ってくれた
ぼくの第二の母、ぼくのさいしょの奥さん
子ども時代のぼくの天使——
病気がちの子どもから、年を重ねて元気になったこの私から
ばあや、この小さな本を受けとってください

神よ、この本を読む人々が、ぼくと同じように
やさしいばあやと出会えますよう、お計らいください
そして私の詩をたのしむ子どもたちが
きもちのいい部屋の、あたたかい火のそばで
ぼくの子どもの日々を喜びで満たしてくれたと同じやさしい声で
この本を読んでもらえますように！

R・L・S

夏の寝床

冬の朝起きると、外はまだ夜
ロウソクをつけて着がえする。
夏はまったく反対で、
寝床へ行くのは、真っ昼間。

木々を小鳥がとびまわる。
なのにぼくは、寝床へ行って、
壁のむこうの外の通りを、
人が歩いていく足音をきく。

それって、とっても不公平
空は真っ青にすみきって、
まだまだたっぷり遊びたいのに
寝床へ行くのは、とてもいや。

思い

お肉やミルクがたっぷりあって
キリスト教の家庭では
子どもがお祈りしています
それを思うと、とてもうれしい

海辺で

ぼくが海へ行ったとき、
木でできたスコップをもらったの。
それで穴をほったらば、
穴はくぼんで、コップのように
なりました。
海の水がやってきて、
からのコップに入ります。
すなのコップはもういっぱい。
もうこれいじょうは、入りません。

夜に見るもの

ママがあかりを消したあと、
ぼくの目には見えるんだ。人が行進していくさまが
昼間のようにはっきりと、毎晩まいばん、ひと晩中。

軍隊に、皇帝に、王様たちがそれぞれに、
手に手にいろんなものをもち、威風堂々《いふうどうどう》と歩いてる。
そんなの昼間は見られません。

草はらにあるサーカスの大きなテント小屋、
そこではいろんな人たちに、動物たちが、行列つくって歩きます。
こんなりっぱな見世物は、これまで一度も見たことない。

はじめはゆっくり歩いていって、
やがてだんだんはやくなる。どんなにはやく進んでも、
ぼくはおくれずついて行き、やがて着きます、眠りの国へ。

子どもの義務

子どもは本当のことを言わねばなりません。
そして、話しかけられなければ、口をきいてはいけません。
食事のときは、行儀よく、一生懸命はげみましょう。

雨

雨がふるふる、どこもかも
野原にもふる、木にもふる
ここでは、傘のうえにふる
海では、船のうえにふる

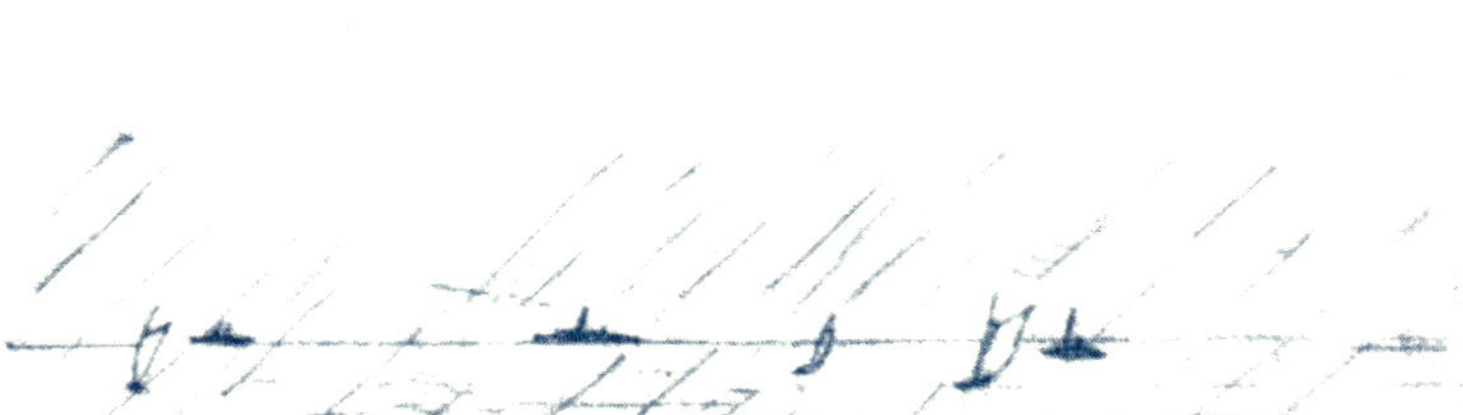

海賊の物語

草はらの、ブランコのそばでぼくら三人、
かごでつくった船にのり、牧場《まきば》の海をただよっていく。
風が空中を吹いていき、小川の中に流れこむ。
草はらに、波がさぁーっとたっていく、海の水が波だつように。

今日はどこまで行こうかな？
星をたよりに用心ぶかく舵をとり、
海上はるか、マラバールまでか、アフリカか、
プロヴィデンスか、バビロンか？

やぁ！　海原《うなばら》をやってくる船の艦隊《かんたい》！
牧場《まきば》の牛がむれをなし、うなり声あげ、おそってくるぞ！
いそげ、さっさとにげだそう！　やつらはめちゃくちゃ怒ってる。
港についた、ぼくらの木戸に。庭はぼくらの岸壁だ。

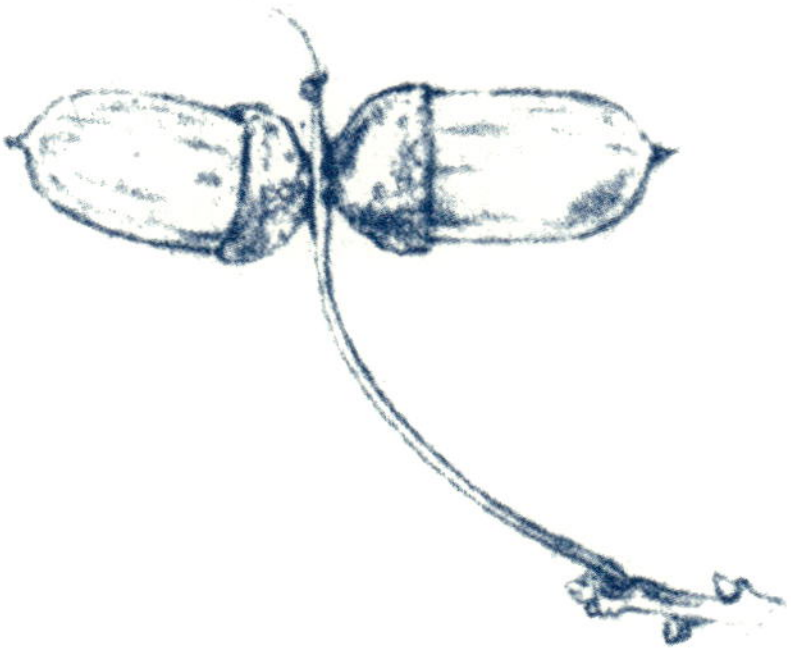

見知らぬ国で

サクラの木の上、のぼるはだあれ?
それはもちろんぼくなのさ。
りょうほうの手で、幹《みき》につかまり
見知らぬ国をぐるっと見まわす。

となりの庭が目のまえに見える。
きれいな花が咲きみだれてる。
ほかにもすてきなところが見える
見たこともない、いろいろな場所が。

さざなみをたてて流れる小川は
空をうつして、まっ青な鏡。
ほこりっぽい道がそのそばを通り
ひとびとは、てくてく歩いて町へいく。

もしも、もっと高い木があれば
どんどんのぼって、もっともっと見よう。
川はだんだんひろがって、大河《たいが》となって海へいく、
船がうかんだ大海原《おおうなばら》へ。

川沿いの道は遠くへのびて
はるかなおとぎの国へといくよ。
そこでは子どもが、五時にごはんだ
そしておもちゃが、みな動きだす。

風の吹く夜

月も星も、みんなかくれて、
風がびゅんびゅん吹いている夜、
雨がふるのに、真っ暗な中
ひとりの男が馬に乗って行く。
夜もおそくて、灯《ひ》も消えたのに
どうしてパカパカ馬をとばすの？

木々はうなりをあげて吠え、
海では船が波間にゆれる。
広い通りを馬に身をふせ、とばして行くよ。
高く低く、ひづめの音をひびかせて、
パカパカ、パカパカ、はやがけで行き、
パカパカ、パカパカ、かけもどる。

旅に出る

立ちあがって出かけたい、
金のリンゴのなる国をめざして。
青空の下、オウム島には、
ひとりぼっちのクルーソーがいる。
オウムとヤギに見守られながら、
ひとりで舟を、こしらえている。
日射しがまぶしいアジアの都
見わたすかぎり、モスクに尖塔《せんとう》が立ちならび、
砂ぼこり舞う庭がある。
バザールにあるのは、近くや遠くのすばらしいもの
みな売りもので、吊《つ》るされて、風にゆらゆらゆれている。
万里の長城めぐらした、シナの国にも出かけたい
壁の外側では、砂漠の風が、
内側では、鈴と太鼓と人声が、
うなりをあげてる町がある。

火のようにあついジャングルにも行こう
イギリスぐらいもあるジャングルへ。
塔より高い木々が立ちならび、
チンパンジーがいっぱいいるぞ。
ココナッツの木もはえている。
あちこちに土人の小屋が立っている。
ナイルの水に、うかんだワニは、
こぶこぶだらけで、目をしばたいている。
真っ赤なフラミンゴが、その目の前で
魚をねらって、急降下。
近くや遠くのジャングルの中では、
ひとくいトラが、耳をそばだて、身を伏せて待つ。
狩人たちが近づいてくるか、駕籠《かご》に揺られて人が来るかと。
砂漠の中の、砂に埋もれた町にも行こう。
うちすてられた、さびしい町に。

子どもはみんな、煙突掃除から王子まで
とっくのむかしに、大人になってどこかへ行った。
足音ひとつきこえない道、
家には子どももネズミもいない。
やがて夜のとばりが下りてくる
町中どこにも灯《あか》りひとつ見えない。
大きくなったら、そこへ行くんだ
ラクダをつらねてキャラバンくんで。
ほこりのつもったうすぐらい 食堂《ダイニングルーム》 に入り、
灯りをともして、まわりを照らす。
すると壁には、英雄たちの絵
戦場の絵、それからお祭りの絵がある。
部屋のすみには、はるか昔のエジプトの子どもらの
おもちゃがころがっているのが見える。

歌おう

小鳥は枝の巣の中で、
まだらの卵の歌をうたう。
船の水夫は、つなひき歌や、
海ゆく船の、舟歌《ふなうた》をうたう。

子どもはうたう、遠い日本で、
子どもはうたう、スペインの国で。
手まわしオルガンひく人は、
雨にうたれて、うたっているよ。

大きくなったら

大きくなって、家をもったら、
ぼくはえらくて、自信たっぷり。
そしたらぼくは言うんだ、みんなに、
ぼくのおもちゃであそんじゃダメって。

よいあそび

階段の上に、ぼくらはつくった
立派な船を、寝室の椅子で。
それにクッション、いっぱい積んで
大海原《おおうなばら》へと、のり出して行った。

くぎをすこしと、のこぎりと、
水のはいったおもちゃのバケツももって。
トムがいうには、「リンゴもいるぜ
ケーキもすこし、もって行こうよ」
トムとぼくにはそれでじゅうぶん、
海にのり出し、お茶の時間までぼくらはあそぶ。

ぼくらは船で、何日も何日も航海し、
いろんなたのしいことをした。
これはほんとによいあそび。
ところがトムが、船から落ちて、
ひざをすりむき、船にいるのは、
ぼくひとりだけになった。

舟はどこに行くのだろう？

川の水はこい茶色、*
岸辺の砂は金色で
岸には木々が立ちならび、
舟はどこまでもただよっていく。

みどりの葉っぱが、水の上をいく、
泡があつまり、お城をつくる
ぼくのつくった舟は
いつ帰ってくるだろう？

川はながれて、
水車小屋をすぎ、
谷間をくだり
丘をくだってながれていくよ。

川はながれる
百マイルかもっと。
遠いところの、どこかの子どもが、
ぼくの舟をひろい、きしべにあげる。

＊スコットランドの川は、周囲の土質から溶け出したピートの色で水が茶色をしている。

ぼくのおばちゃんのスカート

ぼくのおばちゃんがうごくと、
スカートが、ふしぎな音をたてながら、
床のうえをすべり
おばちゃんのあとをついていき、
ドアのむこうに消えていく。

ふとんの国

病気になって、寝ていたときは、
あたまの下に、まくらをふたつと、
おもちゃをぜんぶ、そばにおき、
それで一日、たのしくあそんだ。

ときには一時間ほど、鉛の兵隊であそんだ。
いろんな軍服を着た兵隊が
軍事教練をしたあとで、
ふとんの丘こえ、行軍《こうぐん》して行った。

またべつのときには、舟をうかべて艦隊《かんたい》をつくり
シーツの海を進ませた。
それからおもちゃの家や木を出して、
まわりに町を、いくつもつくった。

ぼくは大きな巨人になって、
まくらの丘にしずかにすわり、
谷間に平原、目のまえに見て、
すてきなふとんの国をながめた。

眠りの国

朝ごはんをたべたあと、一日中ずっと、
うちで友だちとあそんですごす。
でも夜になると、ぼくは遠い国へ行く
はるかかなたの眠りの国へ。

ぼくはひとりで行かねばならない
だあれもどうしたらいいか、教えてくれない。
川のほとりをひとりで歩き、
夢の山へと、のぼっていく。

そこには、ふしぎなことがある
たべものもふしぎ、見るものもふしぎ、
眠りの国には、こわいこともいっぱいあって、
朝までそれがつづくんだ。

いっしょうけんめい道をさがすが
昼間はそこへ、行くことはできない。
そこで聞こえたふしぎな音楽も、
昼間ははっきり思い出せない。

ぼくの影

ぼくにはちいさな影がある。いつもぼくにくっつきまわり、
なんの役《やく》にたつのかは、ぼくにはちょっと、わからない。
影はぼくにそっくりで、あたまからつまさきまでにてるんだ。
ぼくがベッドに入るとき、影はいつもぼくより先に、
ベッドにもぐりこんじゃうの。

いちばんおかしなところはね、影の大きくなるなりかたなんだ。
ちゃんとした子どもだったらば、ゆっくり大きくなるでしょう?
だのに、ときどき影ったら、ビューンとゴムマリみたいに弾んで
急に大きくなっちゃうの。そしてときどき影ったら、
あんまり小さくちぢまって、ぜんぜん見えなくなるんだよ。

ちゃんとしたあそびかたもしらないで、いつもぼくをからかうの。
ぼくにくっついてばかりいて、つまり、あいつはおくびょうなんだ。
ぼくはけっしてばあやにも、あんなにくっついたりはしないもの。
だって、そんなこと、はずかしいことでしょう?

ある朝、ぼくはとっても早くおきたんだ、お日さまもまだのぼる前。
そとにでて、キンポウゲの花を見てみたら、つゆがキラキラ光ってた。
だのにあのものぐさ影ぼうず、ぼくについてきもせずに、
名うてのねぼすけそこぬけに、ベッドでぐうぐうねてたんだ。

きまりごと

毎晩ぼくは、おいのりをする
毎晩ぼくは、晩ごはんを食べる。
一日いい子でいたときは
ごはんのあとにオレンジをもらう。

せいけつにせず、いい子でもなく、
おもちゃをたくさんもって、食べすぎる子は、
おばかさん。それともその子の
だいじなパパは、びんぼうかもしれない。

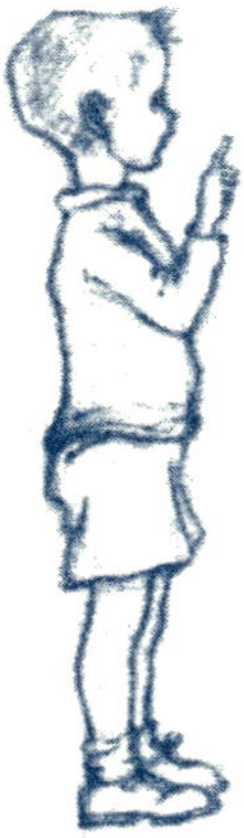

よい子

朝がくるまえ、目がさめた日は、一日よい日、
わがままひとつもいわないで、にこにこわらってひとりであそぶ。

森のむこうに日がしずむころ、
ぼくはとってもうれしいの。だって、よい子でいられたんだから。

ぼくのベッドがまっている。ひんやりきもちのいいシーツ、
ぼくはくるまり、眠りにつこう。もちろんお祈りわすれはしない。

あすまたお日さまがのぼるまで、
こわいゆめを見たりはしません。いやなものも見ないでしょう。

眠りがぼくをしっかりとらえ、朝になるまではなさない。
朝、目がさめると、ツグミがさえずる声がする。庭のライラックの木の枝で。

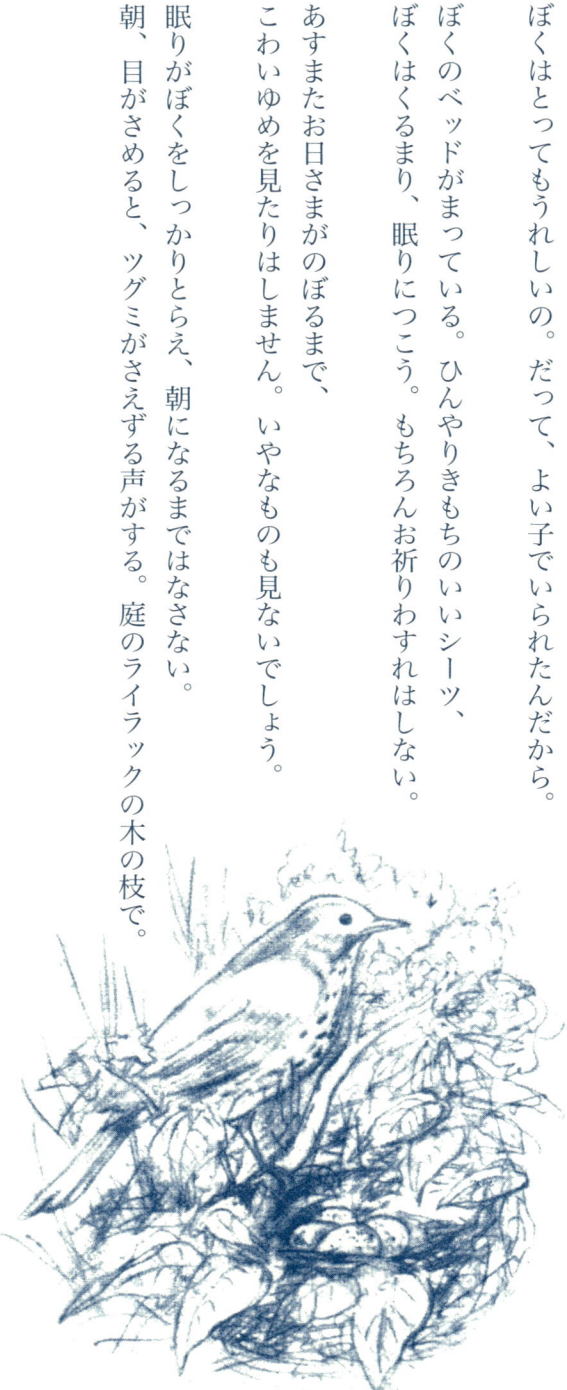

眠りにつくとき

灯《あか》りがもれてくる、居間と台所から、
窓にかかったブラインドからも。
あたまの上のはるかな空では
何千何万何百万の、星がチラチラ光ってる。
空のかなたからぼくを見おろす星の群れ、
あんなにたくさんの葉っぱはないし、あんなに多くの人もいない。
教会でだって、公園でだって。
くらやみの中でキラキラ光り、ぼくにむかってまばたく星々。

犬座に北斗七星に、狩人星に水夫の星に、
火星にみんな、すべての星が
空で光って、かべぎわにあるバケツの水に、
あふれるほどに映ってかがやく。
とうとうぼくを見つけた星たちは、
歓声《かんせい》をあげて、ぼくをおいかけてきて、
ぼくをつかまえ、ベッドの中へおしこんでしまう。
ぼくの目の中には光がいっぱい。キラキラ光る星々が
ぐるぐるまわる、あたまの中で。

行進のうた

櫛《くし》をもってきて、それをひこう！
そして行進して行こう！
ウイリーは、つば広ぼうしをかぶり、
ジョニーは、たいこをドンドンたたく。

メアリ・ジェーンが隊長になり、
ピーターがうしろをかため、
足なみそろえ、元気いっぱい
歩兵連隊、よういはいいか！

勇気りんりん、行進しよう
かけあし、ようい！
ナプキンとって、ぼうのさきにつけ、
旗をふりふり、行くぞ、われらが。

てがらをたてた、戦利品もできた
りっぱな隊長、ジェーンばんざい！
ぼくらは、ぐるっと、村をまわって、
さあこんどは、家路《いえじ》につこう。

め牛

ぼくはだいすき、
茶色と白のやさしいめ牛、
いっしょうけんめい、ミルクを出してくれる。
そのクリームを、アップル・パイにかけて食べる。

昼の明るい光の中を
ぶらぶら歩く、頭を下げて
そよ風の吹く野原の中を
それでもめ牛は、みちにまよわず。

風に吹かれて、雨に降られて
しっとりぬれてもめ牛は歩く、
おいしい草の生えてる草場
そして食べます、野に咲く花を。

しあわせ

この世のなかには
いろんなものが
いっぱいあります、うれしいことに
ぼくもわたしも、しあわせいっぱい
王さまのように、ゆたかなきもち

風

きみが、凧《たこ》を空たかくまいあがらせるのを見た
小鳥を、空でおどらせるのも見た。
貴婦人のスカートが、草をかすめていくときの音さながらに、
しゅるしゅるいって、ぼくのまわりで
さざめいていくのもきいた。
ああ、風、一日中吹いてる風！
ああ、風！　おおきな声でうたう風。

いろんなことをするね、
でも、いつもかくれているね
きみが押してくるのをかんじたよ
きみがよぶのがきこえたよ。
でもきみは見えないんだ。
ああ、風、一日中吹いてる風！
ああ、風！　おおきな声でうたう風。

ああ、つよくてつめたい風、
吹きまくる風！
きみは若いの？　それとも年寄り？
野原や木々のあらくれもの？
それともただ、ぼくよりつよい子ども？
ああ、風、一日中吹いてる風！
ああ、風！　おおきな声でうたう風。

思い出の水車

ゆるしもうけず、境界線をこえて、
枝をかきわけ、かきねの下の
すきまをくぐって、庭から出ると、
ぼくらはやっと、川の岸に出る。

すると、そこには水車があって、すごい音たて回ってる
堰《せき》にたまった泡立つ水に、
水門を通ってほとばしる水、
なんてすてきなところだろう！　ここは家からも遠くない。

すこしずつ、すこしずつ、村の物音うすれゆき、
丘の小鳥も、しだいにしずかになっていく。
ほこりにかすんだうすぐらい小屋。粉ひき仕事と水車の音で、
粉屋《こなや》のおじさん、目がかすみ、耳もとおくなった。

時はすぎゆき、それでも水車は回り続ける
今と昔の子どものために。
うなりをあげて、泡立ちながら、いつまでも回る、
子どもがみんな、行ってしまったあとまで、ずっと。

インドの島々、海でのぼうけん、すべてをおえて
兵士も英雄も、みんないつかは、わが家に帰る。
そこでは水車が、うごきつづけてまっている
回り、かきまぜ、水を泡立て。

けんかしたとき、豆をあげたね、
いつかの土曜日、ビー玉くれたね。
大きくなって年をとり、立派《りっぱ》になったらここに来て、
みんなで昔を語ろうね。

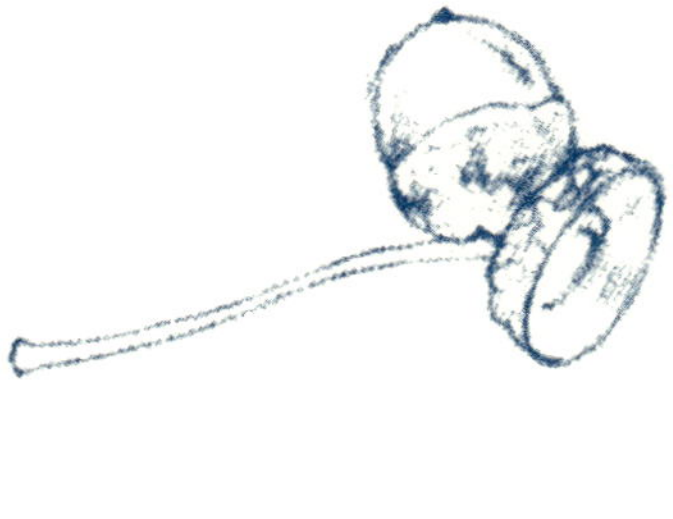

よい子、わるい子

子どもよ、お前はまだ小さい
お前の骨は、まだやわらかい。
大きくなって、つよくなったら、
どうどうと歩かねばならぬぞよ。

おりこうにして、しずかにふるまい
質素な食事でがまんして、
こまったことがあったとしても
正直で、けがれなき心をたもちなさい。

いつもにこにこ、きげんよくして、
原っぱでは、なかよくたのしくあそぶ。
こうしてかつての子どもらは育ち、
王さまにも賢人にもなれたのだ。

でもわるい子は、不親切。行儀もわるく
ごはんも食べすぎ、思いやりもない。
そんな子どもには、のぞみなし。
まったくくちがう未来がまっている。

ざんこくな子や、なきむしの子は
おばかな鵞鳥《がちょう》になってしまう。
おおきくなっても、きらわれて、
姪《めい》、甥《おい》たちも、みんなきみからにげていく。

外国の子どもたち

小さなインディアンの子どもたち、スー族にクロー族、
ひえびえ凍ったエスキモーの子、
トルコに日本の子どもたち、
ねぇ、ぼくとかわってほしくない？

木が真っ赤にかがやくのを見たでしょう
海のむこうのライオンも見たでしょう
ダチョウのたまごも食べたでしょう
カメをひっくりかえしもしたでしょう。

とってもすてきなくらしだね。
でも、ぼくのくらしはもっといい。
きみは、道を歩くとき、
迷わぬよう、気をつけなくてはならぬでしょう。

きみょうなものを食べるでしょう
ぼくの食べるものは、ちゃんとした食事。
きみは、波立つ海のむこうに住むでしょう
でもぼくの家は安全だ。

小さなインディアンの子どもたち、スー族にクロー族、
ひえびえ凍ったエスキモーの子、
トルコに日本の子どもたち、
ねぇ、ぼくとかわってほしくない？

お日さまの旅

夜、ぼくがベッドに入るとき、
お日さまはまだおきている。
地球をまわっていくとちゅう。
毎朝、毎朝、旅にでる。

お日さまの照《て》る昼ひなか、
ぼくらは庭であそびます。
けれどもインドの子どもたち、
ねむたい目をしてキスされて、ベッドに入ってねるのです。

ぼくが夕ごはんを食べおえるころ、
大西洋のむこうでは夜が明けて、
子どもはベッドからおきだして、
服にきがえて、身づくろい。

点灯夫《てんとうふ》

もうじき夕ごはんの時間です。
空からお日さまも消えました。
そろそろぼくは、窓辺にいって
リーリーがくるのをまつ時間です。
毎晩、夕ごはんのころになり、
みながテーブルにつくまえに、
リーリーはやってくるのです。
灯《あか》りをもって、はしごをかつぎ、
街灯《がいとう》に灯《ひ》をともすため
通りをむこうからやってきます。

トムは馭者《ぎょしゃ》になるといい、
マリアは船乗りになるといってます。
ぼくの父さんは銀行家で、
とってもお金持ちなんです。
でもぼくは、大きくなって
することがえらべたら、
きみといっしょに行きたいの、リーリー
夜、きみといっしょに行って、
街灯《がいとう》に灯《ひ》をともしてまわりたい。

街灯《がいとう》が家の前にあるなんて、
なんて運がいいんだろう。
だって、毎晩リーリーがやってきて、
そこに立ちどまり、灯《ひ》をつけていってくれるんだもの。
それから急いで灯《あか》りをもって、はしごをかつぎ、
さっさと行ってしまいます。ほかの街灯《がいとう》に灯《ひ》をともすため。
でも、どうか今晩は、急いでむこうに行く前に、
ちょっととまってぼくを見て！
おねがい、ぼくにわらいかけて、ねぇ、リーリー。

ぼくのベッドは舟

ぼくのベッドは小さな舟だ
ばあやがぼくを着がえさせ
水夫の服に身をかためさせ
舟にのるのをてつだって、
くらやみの中にこぎ出させてくれる。

夜になったら舟にのりこみ、
岸にいるみんなに、おやすみという。
それからぼくは目をつむり、
どんどん海へとこぎだしていく。
ぼくにはもう、なにも見えない聞こえない。

ときどきベッドへいくときに、
ちゃんとした水夫ならするように
ちょっとしたものを、もっていく。
おみやげのケーキをひとときれか、
たぶんおもちゃも二つ、三つ。

くらやみの中、舵《かじ》をとりつつ進みゆき、
ついにあたらしい日になったとき、
ぼくは家にかえりつく。
舟は、さんばしに無事ついて、
ちゃんと、ぼくの部屋にいる。

月

月はまるくてその顔は、ろうかの時計にそっくりだ。
すべてのものに光をそそぐ。
道の上にも野原にも、
波うちよせる港にも、
木の枝で眠る小鳥にも、
塀《へい》よじのぼるどろぼうにまで。

ミャオミャオ、なくネコ、
チイチイネズミ、
家の戸口でほえる犬、
昼間は眠るコウモリも、
夜出あるくのがすきなものはすべて、
月の光をあびてたのしむ。

昼間がすきな花や子どもは、
寝床に入り、まぶたをとじて、
ふとんにくるまり、ぐっすり眠る。
月の旅路のじゃませぬように
昼起きてはたらくものはすべて、
また朝がきて日がのぼるまで、しずかにやすむ。

ブランコ

ブランコにのって
まっ青な空まで、あがっていきたくない？
子どもができるいろんなことで、
これほどたのしいことはない！

高い塀こえ、まだまだ高く、
はるかむこうに、ひろい野が見える。
川に木に、牛たちに、
野原をこえて、世界が見える。

やがて下には芝生が見えて、
屋根のカワラも見えてくる。
もいちど高く、ビューンとあがって、
またまた下へ、おりてくる。

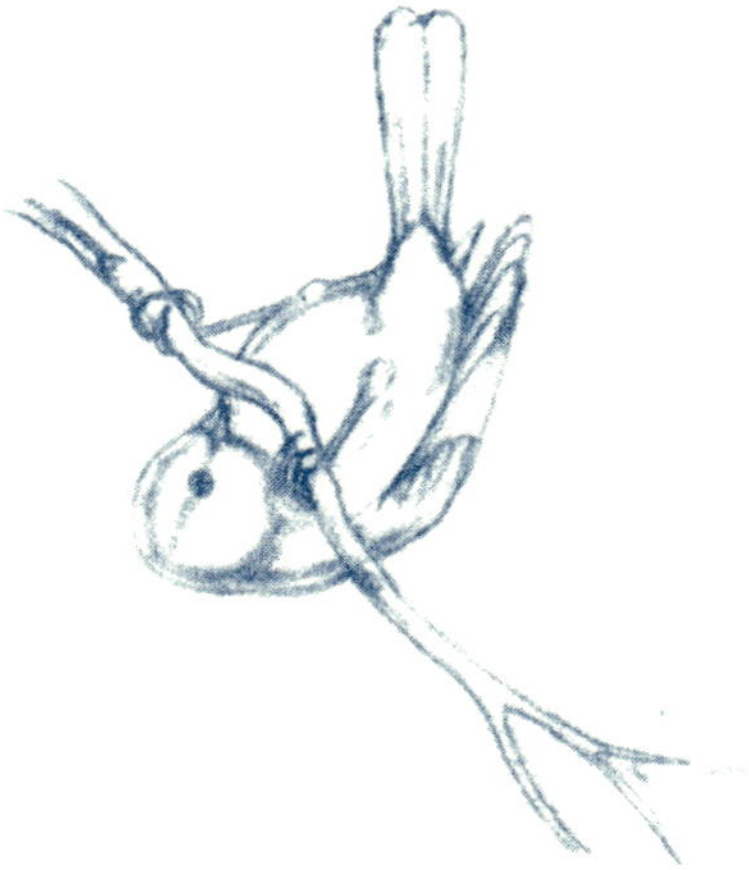

おきる時間です

黄色いくちばしの小鳥が一羽、
窓辺にとまって、首をかしげて、
目をチカッと光らせて、いう。
「ねぼすけこぞう、恥をしれ！」

鏡のような川の水

川はどこまでも流れゆく
ときにはさざめき、ときにはきらめき、
ああ、きれいな水底の小石！
ああ、なめらかな、川の流れよ！

花をうかべて銀色の
魚とともに流れゆく
小石をしいた川底の、澄みきった水！
ああ、あんなところに住みたいなぁ！

水の上にはぼくらの顔が、
色とりどりにうつってゆれて、
木かげの涼しい水の中、
暗くつめたい水の中。

やがてそよかぜが吹いてきて、
テン*が水にとびこんで、マスはざぶん！　と、はねあがり、
あっというまに波がひろがり、
なにも見えなくなってしまう。

水の輪がつぎつぎにうかんできては、
おいかけっこをしてる。水の底は夜のやみ。
ちょうどかあさんが、ランプの灯りを
吹きけしたときのよう！

おまち、子どもよ、ちょっとの間《ま》、
だんだん水の輪がきえていく。
流れはまたも、しずかになって、
やがて、澄みきった水になる。

＊テンはイタチ科の動物

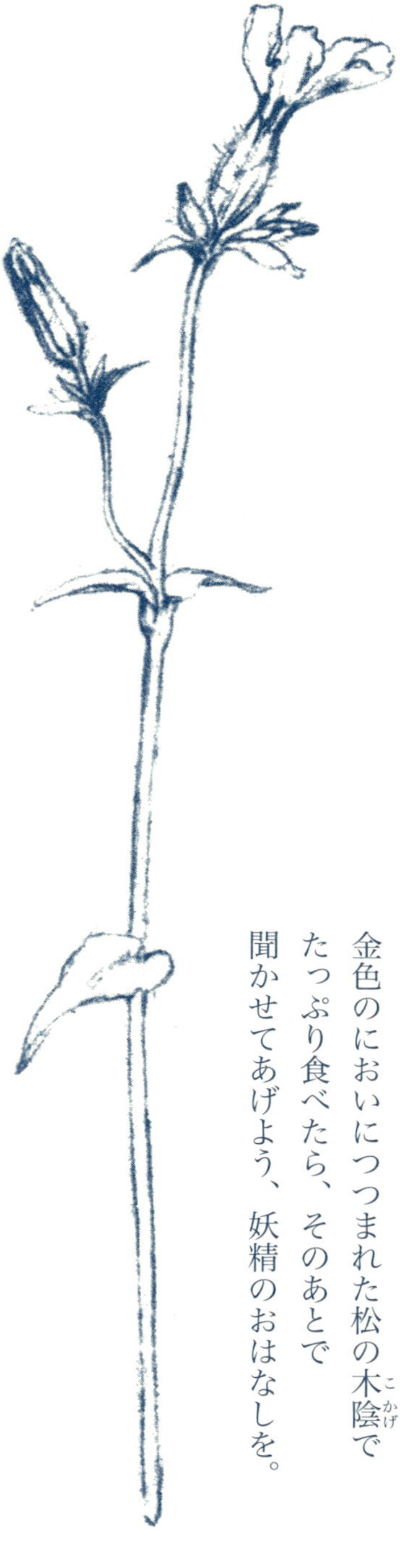

妖精の食べもの

どろんこ足のきみ、あがっておいで！
ここに妖精の食べものがあるよ。
わたしの静かな部屋へきて、
おあがり、子どもよ、エニシダの
金色のにおいにつつまれた松の木陰《こかげ》で
たっぷり食べたら、そのあとで
聞かせてあげよう、妖精のおはなしを。

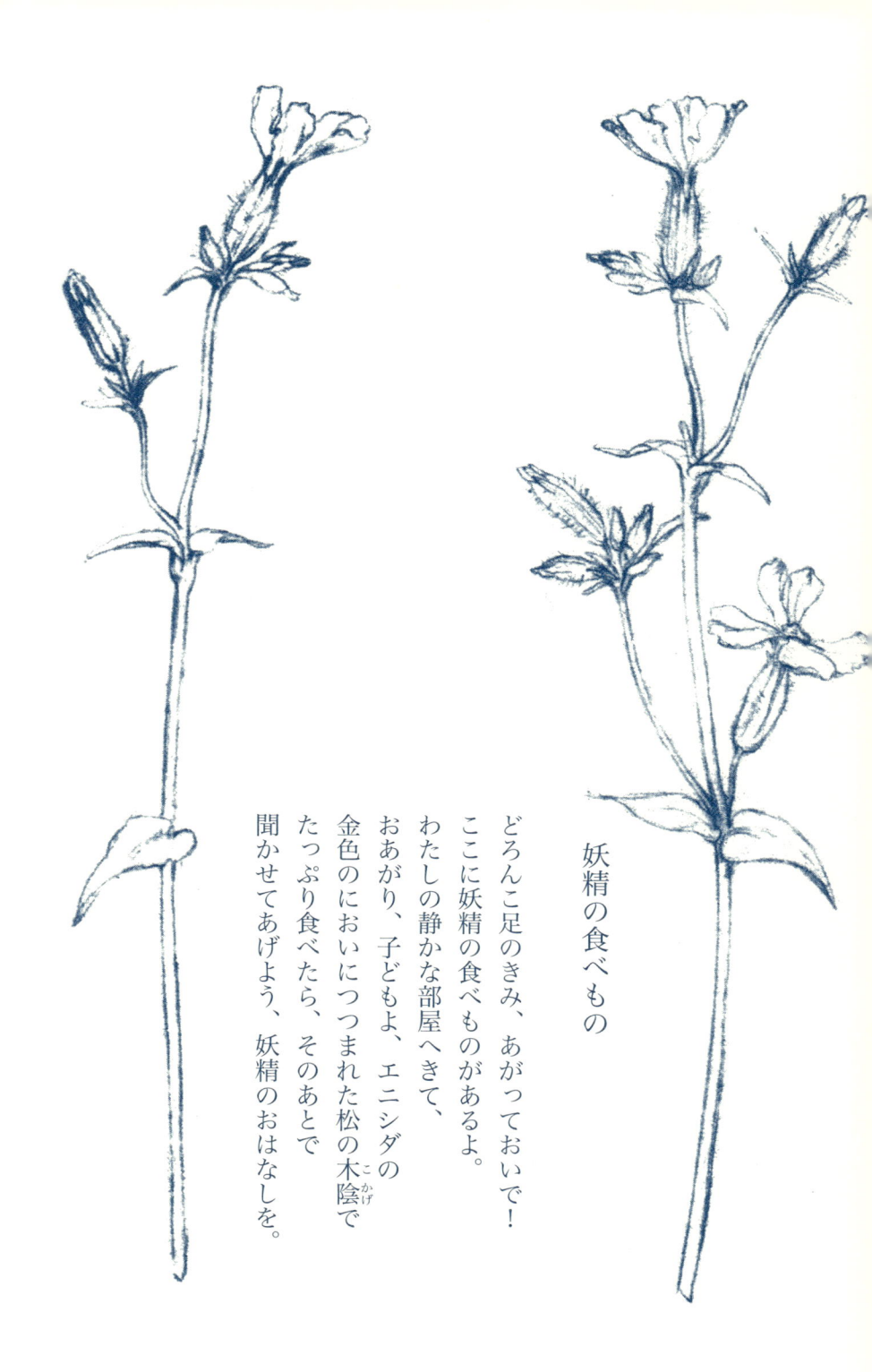

汽車の窓から

妖精よりも、魔女よりも、もっともっとはやく、とんでいく。
橋に家々《いえいえ》に、垣根にみぞが……
敵をけちらす軍隊さながら、
草原つっきり、馬や牛のあいだをとおり、
野こえ、丘こえとんでいく。
まるで、とおり雨さながらに。
まばたきする間もないうちに、
色あざやかに塗られた駅を、汽笛を鳴らしてすぎてゆく。

子どもがいるよ、たったひとりで
よじのぼったり、はいあがったり、キイチゴをつんでこっちを見てる。
歩いて旅する男の人が、立って遠くをじっと見ている。
デイジーがあたりいちめんにさいている。花のくさりを編みたいなあ！
荷車がいく。にもつをつんで、おもくあえいで、
ひっぱる人は、はあ、はあいっている。
こんどは水車だ。川が流れてる。
どっちもチラッと見え、あっというまにいっちゃった！

冬の朝

冬の太陽は朝寝坊、
ギラギラ凍って眠ってる。
ちょっと目をあけ、一時間か二時間、
目をパチパチさせて、すぐ沈む。
血のように赤い、オレンジ色の太陽。

星はまだ、空にあるのに
朝もまだ暗いのに、もう起きねばならない
つめたいローソクの灯のもとで、
ブルブルふるえてねまきをぬいで、
はだかのままで、顔をあらって服を着る。

楽しく燃える火のそばで、
ぼくはからだをあたためる。
それともぼくは、トナカイのひく、
そりにとびのり、出発をする。
ドアをとおって、もっと、もっとさむい国へ。

するとばあやがぼくをつかまえ、
あたたかい帽子と外套《がいとう》で、
ぼくをすっぽりくるんでしまう。
冷たい風が顔をなで、
はなをつきぬけ、ひりひりさせる。

銀色の地面についたぼくの足あとは黒い。
鼻から吐く息は凍って白い。
家も木も、池も丘もなにもかも、凍って真っ白
まるで、ウエディング・ケーキみたい。

干し草おきば

そよ風の吹く牧草地、
一面に、肩までとどく草の海
そこへぴかぴか光る鎌がやってきて、
草をなぎたおし、刈っていき、
それをかわかし、干し草にする。

あまいにおいの緑の草を、
荷車につんで、家へとかえる。
そしてここ、干し草おきばに、
山のようにつみあげる
ぼくらが山にのぼれるように。

これは澄岳《すみだけ》、これはさびくぎ山、
鷲岳《わしだけ》に高山、いろいろな山。
ここに住むネズミたちは、
とってもしあわせ。
でも、ぼくはもっとしあわせ。

ああ、なんて楽しいんだろう、
この山にのぼるのは！
あそぶのにこれほどいい場所、どこにもない。
ぼくはだいすき。ほこりが舞ってうすぐらく、
あまいにおいのこの干し草の山が。

農場よ、さようなら

とうとう馬車がやってきた
子どもらはいそぎ、馬車にのりこむ。
お別れのキスをし、握手してさけぶ
さよなら、さよなら、なにもかも！

家も庭も、野原も丘も、
のってあそんだ、垣根の柵も、
ポンプもうまやも、木もブランコも
さよなら、さよなら、なにもかも！

ずーっと達者で無事でいて！
干し草おきばにのぼるはしごよ
くもの巣はった、だいすきな納屋《なや》。
さよなら、さよなら、なにもかも！

むちがパチっとなりました。馬車はさっ、と走り出す。
家も木も、だんだん小さくなっていく。
さいごの木立をめぐってまがる
さよなら、さよなら、なにもかも！

寝床への道　―北西航路―

1　おやすみ

明るく輝くともしびが、
部屋にはこんでこられると、
また、太陽のない時間がはじまる。
野原にも、小道にも、すべてのものの上に
また、おばけのでてくる夜がはじまる。

暖炉で燃える火の中の、
燃えさしがちらちら火を走らせて、
ぼくらが前をとおるとき、
窓ガラスにうつったぼくらの顔は
まるで絵にかいた顔のように見える。

どうしてもベッドへ行かなきゃならない？
よし、それならおおしく立ちむかおう！
びくびくしないで、歩いていくぞ。
くらくて長い、廊下を通り、
ベッドへむかって進んでいこう。

おやすみ、にいさん、ねえさん、とうさん、
暖炉のまわりにくつろぐみんな！
みんなでたのしむおはなしも歌も、
すべては明日《あす》までおあずけだ。
おやすみ、みんな、またあした！

2　影のなかを進んでいく

家のまわりは真の闇
くらやみが窓からのぞきこみ
すばやく部屋のすみにしのびこみ、光をさけてすわってる。
炎がゆれれば、影もともにゆれる。

髪《かみ》はさかだち、胸《むね》ははやがね
ぼくが手にするローソクに
影はそろそろしのびより、
いっしょに階段をのぼって、ついてくる。

階段の手すり、ランプのまわり、
ベッドへむかっていく子のまわり
いじわるな影が、ひたひたひたと、おしよせてくる
くらいあかりが頭の上にともる。

3　港で

とうとうきたぞ、ぼくの寝部屋に。
くらやみと、さむさの影からぬけだして、
そぉーっと足音しのばせて、入る。
あたたかく、楽しげなぼくの部屋。

やっと、着いたぞ、どうやら無事で。
くるりとふりむき、影をしめだす。
たのもしいドアをしっかりしめた。
すべての危険は、すぎさった。

もうすぐママも、くるだろう。
じぶんのベッドへ行く前に、
つまさきだって、そばへ来て、そっとぼくを見るだろう。
ぼくはぐっすり眠ってる。ぼくは眠りの国にいる。

子どもがひとりで

見えない友だち

子どもがひとり草原《くさはら》で、友だちもなくあそぶとき、
見えない友がやってくる。子どもがひとり、さびしいけれど
おりこうにしてきげんよく、あそんでいると、
「子どもの友だち」が、森からひょっこりあらわれる。

すがたは見えず、声もきこえず、その面影《おもかげ》は、絵にも描けない。
でも、子どもがひとりできげんよく、
おりこうにしている時に、
家の中でも外にでも、きっとそこにいてくれる。

月桂樹《げっけいじゅ》の中にひそんだり、草のうえを走っていったり、
ガラスのベルをチリリとならせば、「子どもの友だち」もうたいだす。
ひとりであそんでいるときに、なぜともなくうれしくなると、
そこにはきっと、「子どもの友だち」がいるんだよ！

小さくなるのはだいすきで、大きくなるのはだいきらい、
きみが穴を掘ったなら、その穴の中に住みついて、
きみが鉛の兵隊であそぶとき、敵《てき》側の兵士になって
いつも負けてくれるんだ。

夜、ベッドに行くときは、かならずいっしょについてきて、
心配せずにおねむりと、安心させてくれるんだ。
棚にならんだ鉛の兵隊、箱にはいったおもちゃもぜんぶ、
夜じゅう守ってくれるんだ。

ぼくの船とぼく

ぼくはすてきな小さい船の船長だ！
お池の中をいく船の。
ぐるぐる、ぐるぐる、まわってる
まわってばかりいるぼくの船。
もすこし大きくなったら、ぼくは
船をまっすぐ航海させる方法《すべ》を、知るだろう。

そのときぼくは、小さくなって、
舵をとってる人形ぐらいにちぢむんだ。
その人形の助けをかりて、
船をまっすぐ航海させる。
すると、気持ちのいいそよかぜが吹いてきて、
船はまっすぐ、びゅんびゅん走る。

アシやトウシンソウなど、ものともせずに
船は水をきって進みゆき、
船首のまわりで水がうたうよ。
船長のぼくと、水夫の人形は上陸し、
探検にいく。かつて人形が来たことのない島で。
そこで、へさきのちっちゃい大砲ぶっ放す。

ぼくの王国

キラキラかがやく泉のそばに
とても小さな谷間を見つけたよ。
深さはぼくの背《せい》くらい。
ヒースがはえて、いばらがしげり、
赤や黄色の夏の花々、
つぼみがふくらみ、咲き始めてる。

小さな水たまりは海なんだ。
小さな丘は山なんだ。
ぼくはとても小さいの。舟をつくって、町もつくった。
いろんなほらあなを探検し、
どれにもみんな、名まえをつけた。

そこにあるもの、ぜんぶ、ぜんぶぼくの。
空とぶスズメも、およぐメダカも。
これはひとつの王国で、
ぼくはそこの王さまだ。
そこではミツバチがぼくのためにうたい、
ツバメもぼくのためにとぶ。

これいじょう深い海はない
これいじょう広い草はらもない。
ぼくのほかには王様はいない。
でも、とうとうかあさんの声がする。

たそがれの中、家の戸口に立って、
お茶におかえりと、よんでいる。
立って、この谷間から出ていかねばならない。
さざなみのたつきれいな泉も、
それからヒースの花々も、みなおいて。
ぼくは家に近づいていく。
あーあ、なんて大きいんだろう！
ばあやの姿がそびえたち、
大きな部屋がひんやりとして、ぼくをまっている。

冬の絵本

夏は去り、冬が来る——
霜《しも》がたつ、ゆびがかじかむ。
コマドリが窓辺にきてとまる。
冬のカラスのすがたが見える。
たのしい絵本の時がきた。

水は石のようにかたくなり、
ばあやとぼくが、その上を歩けるくらい。
でも本の中では、
小川に水が、
サラサラ、サラサラ流れてる。

きれいなものは、みなおあずけだ。
でも、ちょっと、まって——
子どもの目には見えるんだ。
羊たちに、杖をもった羊飼いに、
それから木々も、みな絵本の中にある。

いろんなものを、そこに見る。
海も、都会も、近いところも、遠いところも。
妖精は空中をとびまわり、
絵本の中に、住んでいる。

ああ、なんてすてきな日々だろう。
あたたかい暖炉のそばで、
絵本をよんでもらうのは
子ども部屋での、しあわせな時間！

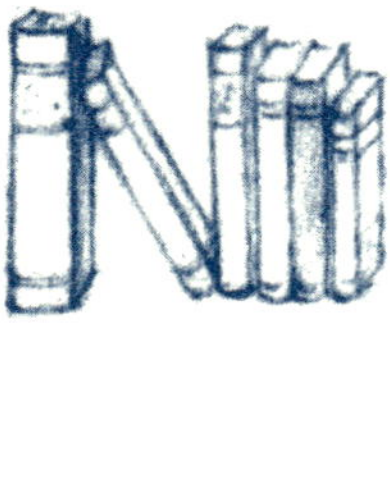

ぼくの宝

海のちかくにある森に、秋、ぼくとばあやが行ったとき、
木の実をいっぱい集めてきては、
小鳥の巣のうしろにかくしたよ
泉のそばの木のうろに。
そこにはぼくの、鉛の兵隊たちもいる。

庭のむこうの牧草地、そこでこの笛はつくられた。
ばあやは、ぼくのナイフを使い、
スズカケの木の枝を、けずりにけずり、
ひとりでこれを、つくったの。
とってもいい音色でなるんだよ！

どこかわからないくらい遠いところで、
ぼくらはこの石を見つけたの。白に黄色と灰色の石。
寒い中、ふうふういいながら、
ぼくがうちまで運んできたよ。
父さんはちがうっていうけれど、
ぼくは、これ、金だって信じてる。

でもお宝中《ちゅう》のお宝は、宝の中《なか》の王さまは、
なんといってもこれなんだ。
これは、柄と刃のついた鑿《のみ》。
こんなものをもってる子、どこにもめったにいやしない。
これをつくったのはほんとうの
りっぱな大工の棟梁《とうりょう》なんだ。

積み木の都

積み木できみは、なにがつくれる？
お城に宮殿、寺院に波止場《はとば》。
雨がいつまでもふりつづき、
ほかの人はみな右往左往しても
ぼくは積み木であそんでごきげん。

長椅子は山で、じゅうたんは海、
そこに大きな街をつくろう。
教会に工場に、宮殿もつくろう。
港もそこには、つくるんだ。
そして、ぼくの船をうかべよう。

宮殿はとてもおおきくて、
高い円柱が立ち、塀をめぐらし、
城壁のうえには塔もついてて、
りっぱな広い階段を
おりた先には、港があって、
おもちゃの船がならんでる。

この船は航海に出るところ、
この船は今、停泊中。
船員たちの歌を聞こう！
ぼくのりっぱな宮殿の階段を見て！
おくりものをもった王さまたちが、
登っていったり、下りたりしてる。

さあ、もうおわり、これで、こわすぞ！
あっというまに、街はつぶれて、
積み木の上に積み木がたおれ、
あちらこちらへちらばった。
これが、ぼくの都の残骸《ざんがい》だ。
海のそばのぼくの街、いったいどこへいったんだろう？

でも、今もぼくの目には見える。
あのとき見たまま、そっくりに、
教会も宮殿も、船員たちも船もみな。
どこにいようと、生きてるかぎり、
ぼくはけっして忘れない。
海辺にあった、ぼくの都を。

おはなしの本の国

夜になり、灯がともされて、
ぼくのとうさんとかあさんは
暖炉の前にゆったりすわり、
しずかにはなし、歌うたったりする。
でもふたりとも、あそびはしない。

ぼくは、ちいさい銃をもち、
かべにそった暗いところを
そぅーっと、這《は》って、
かべとソファのあいだのせまい道、
森の小道をたどって進む。

夜、だれにも見られない
狩人のテントにぼくはいる。
そして、まえによんだ本の中の国へ行き、
ぼくはそこで、あそんですごす。
ベッドにいく時間がくるまでのあいだ。

ここには丘が、ここには森が
ぼくの夢の国は静か。
ここではぼくはただひとり。
川の岸ではライオンが、
ほえながら近づいてきて、水を飲む。

ほかの人たちは遠くに見える。
まるでキャンプファイアーの
明りの中にいるみたい。
ぼくは、インディアンの見張りになって、
こっそり、その人たちのまわりをめぐって歩く。

だからばあやが、さがしにくると、
海をこえて、家に帰っていくんだ、ぼくは。
何度も、何度もふりかえり、
ぼくのだいじな本の国を見て、
それからベッドに入ります。

火の中の軍隊

灯がともされて、通りを照らし、
かすかに足音が聞こえてくる夜
庭の木々や塀の上に、
青い闇《やみ》が、しずかにゆっくり下りてくる。

暗闇《くらやみ》がしだいしだいにひろがると、
だれもいない部屋の炉に、赤い火が燃えて、
棚に並んだ本の背を照らす。
家はとってもあたたかそう。

兵隊たちが行進してる
燃える街並みの中、背のたかい塔の間《あいだ》を。
ぼくが、じーっと見つめるうちに、
兵隊は消え、街の輝きも消えた。

そして、また、燃えあがる!
まぼろしの燃える街が見える。
真っ赤に燃える谷間の道を、見よ!
まぼろしの兵隊が行進していく!

パチパチ燃える赤い火よ、
おしえて、どこへ兵隊たちは行くのかを。
そして、あの燃える街は、あれは何?
炉の火の中で、くずれていくのはいったい何?

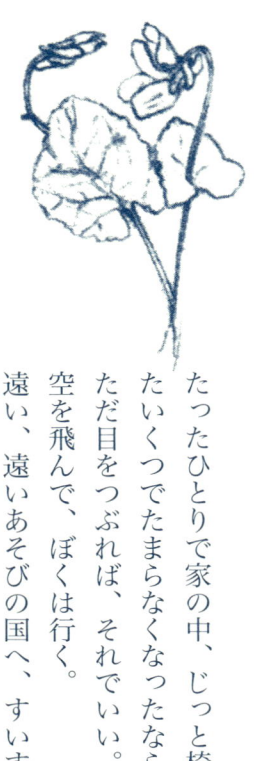

小さな国

たったひとりで家の中、じっと椅子に座ってて
たいくつでたまらなくなったなら、
ただ目をつぶれば、それでいい。
空を飛んで、ぼくは行く。
遠い、遠いあそびの国へ、すいすい、ぼくは飛んでいく。
行き先は、はるかかなたの妖精の国、そこには小さな人たちがいる。
クローバーの森があり、水たまりの海がある。
小さな木の葉の船がゆく。
はるかあたまの上たかく、マルハナバチがうなってる。
草やデイジーの森の上、ぶんぶんいいつつ、飛んでいく。
ぼくはその森をさまよって、

緑の草がしげった道を、まだまだ行って、
クモやハエやアリたちが、足にたくさん荷物をもって、
行進していくさまを見る。
カタバミの茂みにすわって見ていると、
テントウ虫が来てとまる。ぼくは草をよじのぼる。
すると、はるかな空とおく、
大きなツバメが飛んでいく。
大きなまるいお日さまが、ちっちゃなぼくには目もくれず、
空をゆっくりよこぎっていく。

その森の中をつっきってゆき、
やってきたのは水たまり。ぶーんというハエ、
デイジーの木も、小さなぼくも、みな映ってる。
まるで鏡のようにすみきった水。
一枚の木の葉がとんできて、ぼくのちかくの水に落ちる。
水にうかんだその舟に、
ぼくは、さっそくのりこんで、
水たまりの海にこぎ出していく。

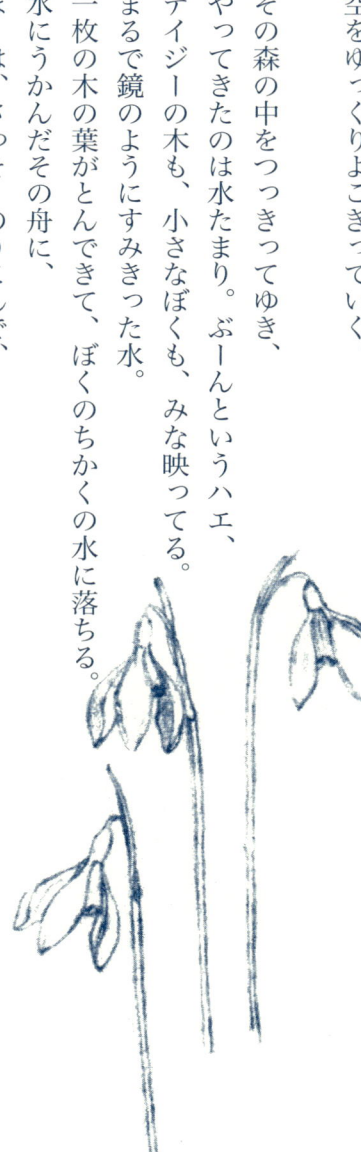

草深い岸辺には、まじめくさった小さな虫が、
じっとすわって、澄んだ目で、
おどろいたように、ぼくを見る。
緑のよろいを身につけた虫
(きっと、戦いに行ってたんだな!)
赤や黒や、青や金色、いろんな色のまだら虫もいる。
羽をひろげて、さっと、どこかへ飛んでいく虫も。
でも、どの虫も、とてもやさしい目をして見てる。

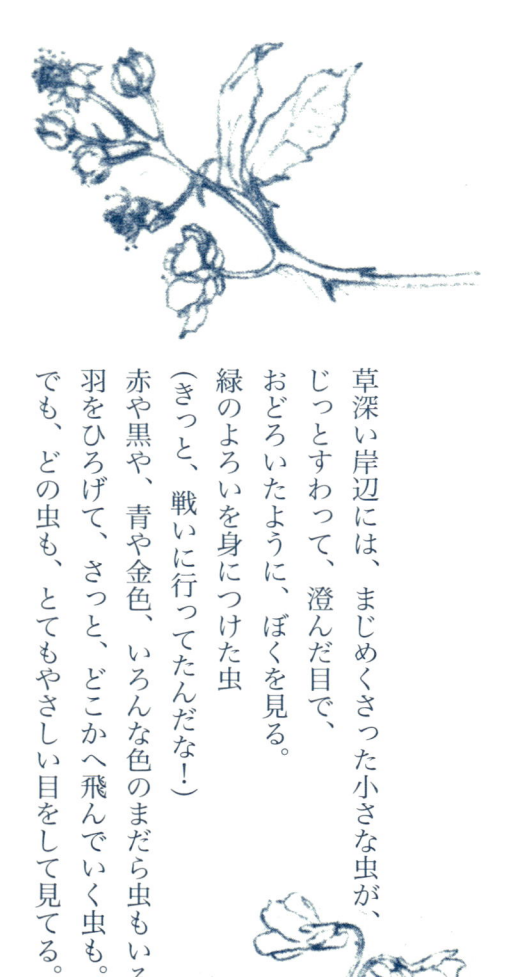

ぼくはとうとう目をあけた。するとぼくの目に見えたのは、
天井までつづく高い壁、なにもないひろい床、
ドアについてる巨大な把《と》っ手、ひきだしの大きなつまみ、
いすにすわった大きな人が、
縫いものしたり、つぎをあてたり……
どの丘にも山にもぼくはのぼれて、
そして、なんでもすきなことがいえたんだ。
　ぼくは……すごい！
なんにでもなれたんだ。
水夫になって、水たまりの海を船で行き、
クローバーの木にものぼれたの。
今、そこからかえってきたばかりなの。
ああ、ねむくなってきた
夜もおそい、もうねよう。

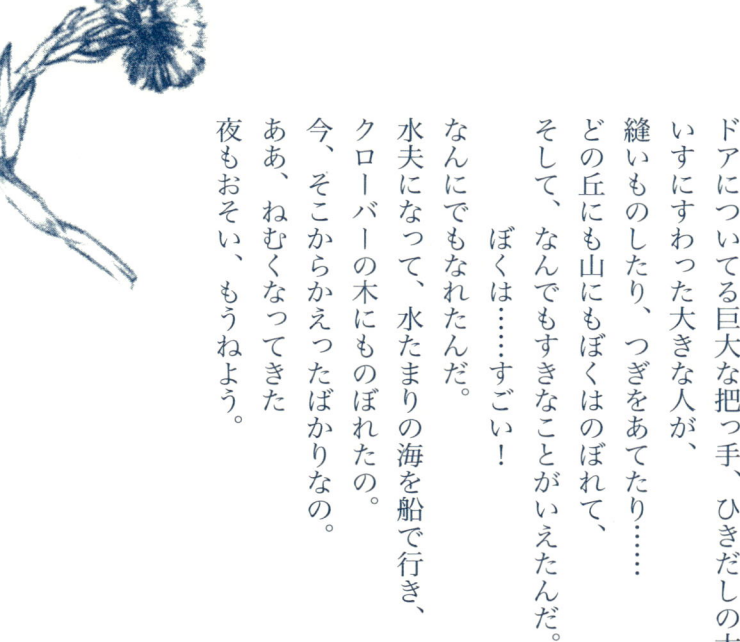

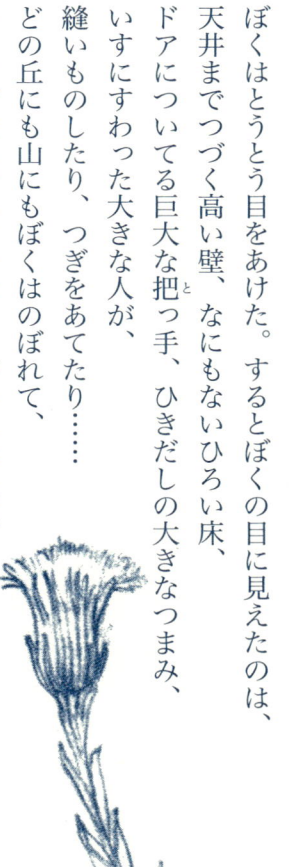

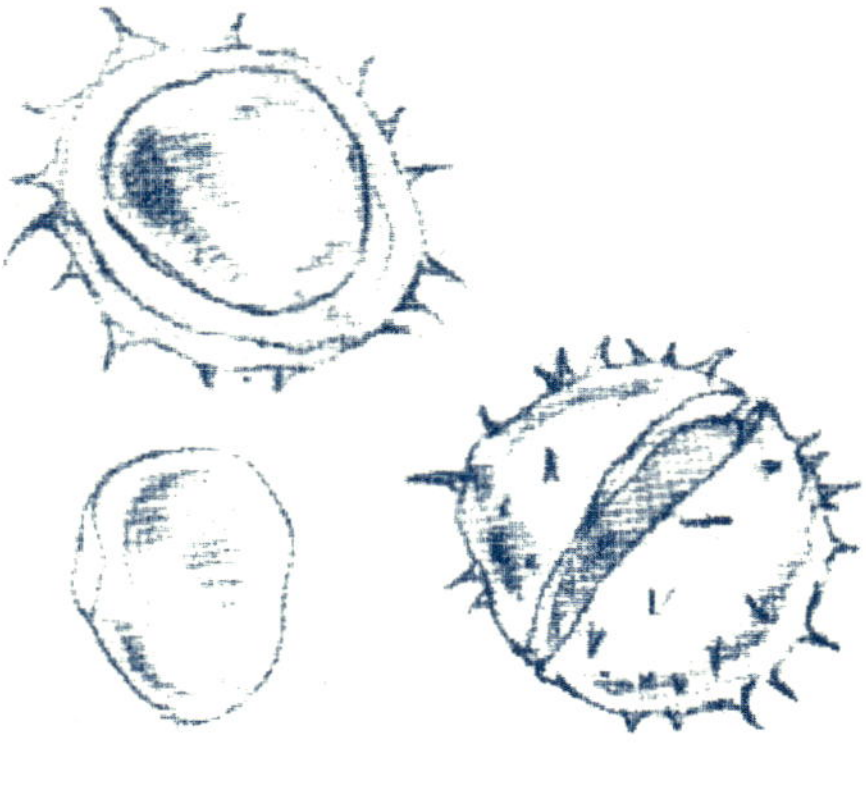

庭で

夜と昼

金色の一日が、
門のむこうへ、しずかに消えて、暮れていく。
子どもも庭も、お日さまも花も、
うつろうものは、みな消えていく。

影がおりて来、ものみなうすれ
さいごの光も消えうせて、
夜のとばりの影に入ると
門がしずかにとじていく。

庭はくらやみにとざされて、デイジーも花弁をかたくとじ、
子どもはベッドであたたかく、
ツチボタルは道路のわだちの中で、
野《の》ネズミはかさねた材木のかげで、ねむる。

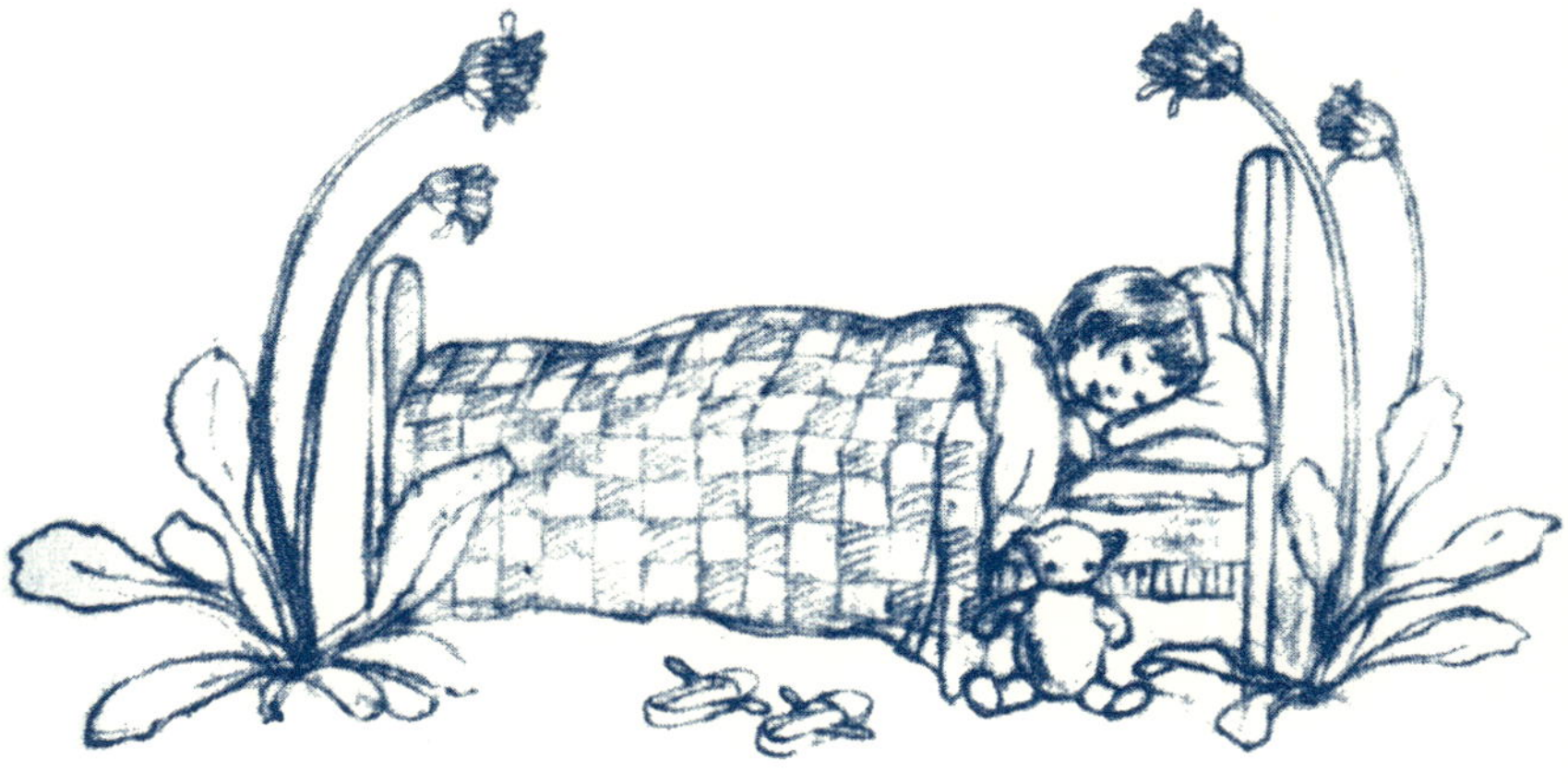

くらやみの中で、家々には灯がともり、
とうさんとかあさんは、ロウソク片手に部屋へ行く。
やがて、夜の精がすべてのものの上に
寝室のドアを、しずかに閉める。

やがて朝が来、東の空から
明るい光が射しそめる。
垣根のうえに、ハリエニシダの上に
ねむる小鳥をおこしてまわる。

くらやみの中から、家々や、
木々や生け垣のかたちがあらわれ、
だんだんはっきり見えてくる。
窓のむこうで、スズメがはばたく。

召使いの少女があくびをしつつ、
ドアをあけると、のびをして
庭の草場に光る朝つゆを見て
朝が来たのを、知ってよろこぶ。

きのうの夜に、だんだんうすれ
窓のむこうで、消えていった庭が、
今、ぼくらの目の前で、緑になって、
ピンクの花がほほえみかけてくる。

夜のとばりにかくされて、
ぼくのまえからうすれて消えた
すべてのものが、光をあびて
神々しいまでに光りかがやく。

小さな道も、小さな空地も、
バラの茂みも、ワスレナグサも、
すべてのうえに朝露がやどり、
キラキラかがやき、朝をむかえる。

「おきろ！　朝だ！」と、日の光がさけぶ。
「たのしい谷間に朝がきた。
朝の時報《じほう》も、もうなった。
さぁ、子どもたち、みんなそろってたのしくあそべ！」

鳥の巣の卵

月桂樹《げっけいじゅ》の枝の、アーチの下で
一日中鳴いて、さわいであそぶ
日《ひ》の照《て》る中の
陽気な小鳥。

枝のわかれた、くぼみの中に
茶色の鳥の巣があった。
小さな四つの青い卵を
かあさん鳥があたためていた。

その木の下に、ぼくらは立って、
口をあんぐり、じっと見守る。
卵の中には赤ちゃん鳥が、
あんぜんにぬくぬくと、守られている。

やがて、殻《から》はわれるだろう。
中から元気に鳴きながら、
小さな小鳥が飛びだしてきて、
四月の森を、陽気な声で満たすだろう。

ぼくらよりか弱く、ぼくらより若い。
でももうじき、青い空のもとで、
元気でりっぱな歌手となり、
空ゆく水夫となっていくだろう。

今はぼくらが年上で、
背もたかく、力も強く、
小鳥たちをかわいいなあと、見ているけれど、
やがては小鳥たちが、ぼくらを見下ろしていくだろう。

きれいな声で歌いつつ、
ぼくらのあたまの上たかく、
ブナの木よりも、まだたかく、
小鳥は飛んでいくだろう。

ぼくらはかしこく、ことばも話す。
でも、ぼくらは空を飛べないし、
地面の上をじぶんの足で、
しっかりふみしめ、歩いていくほかない。

花ばな

ばあやがおしえてくれた花の名は、
スズメノテッポウ、ネコノシタ、
キツネノマゴにヒメオドリコソウ、
それから貴婦人のフジバカマ。

妖精の土地では、なんでも妖精のもの、
妖精の森でハチが飛びかう。
ちっちゃな貴婦人のためのちっちゃな木――
みんな妖精の名まえをもっている。

ちっちゃな森のちっちゃな木陰で、
影の妖精が、せっせと家をつくってる。
屋根はバラの木、それともタイム
ゆうかんな妖精がのぼって、つくる。

大きな木々はとてもきれいだ
でもこの森のほうが、もっときれいだ。
ぼくもこんなに背が高くなかったら、
この妖精の森にずっと住みたいな。

夏の太陽

大きな、大きなお日さまが、休みもせずに
大空を、どこまでも歩いていくよ
まっ青なあかるい空の中
雨よりはげしく陽の光をそそぎつつ。

陽の光をしめだして、部屋をすずしく保つため
ブラインドをおろし、ぴっちりしめても
お日さまはどこか、すきまをみつけて
金色のゆびを、さし入れてくる。

くもの巣まみれの屋根うら部屋にも
かぎ穴をとおって、お日さまは入る。
干し草小屋にも、かべのすきまから
やっぱり入ってきて、にっこりわらう。

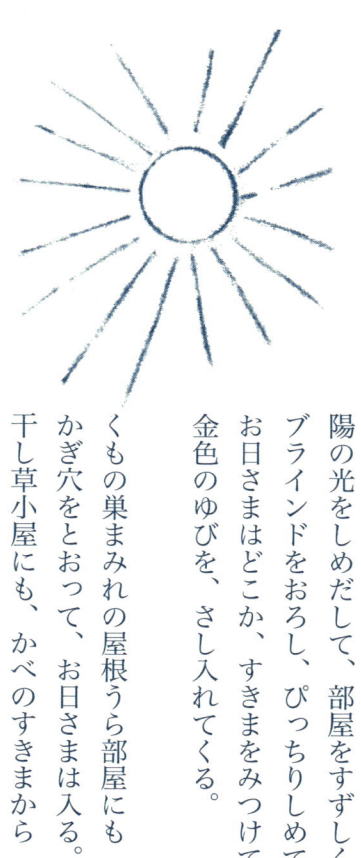

そうかとおもうと庭の中、ここにもあそこにも
金色の顔を見せて
ツタのからんだかげの中まで
あったかい笑顔をふりまいて、キラキラ輝き、入りこむ。

丘の上にも、空の中にも
明るく輝く空気の中を、どしどし歩いてお日さまは
子どもをよろこばせ、バラの花に色をぬりつつ
世界一の庭師、お日さまがいく。

だんまり兵隊

庭の芝生がみじかく刈られ、
ぼくは庭を歩いていった。
するとへこんだくぼみがあった。
そこにかくした鉛の兵隊。

春がきて、デイジーの花が咲きだしたころ、
芝生がのびて、くぼみをかくし、
草はだんだん緑の海になり、
ぼくのひざまでとどくようになった。

草の中にはひっそりと、ぼくの兵隊がねころんで、
二つの鉛の目を見開いて、
赤い上着に、ささげ銃《つつ》して
太陽を見上げ、星を見上げていた。

草がしげって、みのりのときがきて、
鎌が研がれて、芝生の庭は
またまたみじかく刈られてしまう。
と、ぼくのくぼみが、またあらわれる。

きっと見つけてあげるよ、ぼくが。
ぼくのだいじな近衛兵《このえへい》、
長い月日がすぎていったが、
ぼくの兵隊、口とじたまま。

小さいからだで長い月日を、
草むらの森で春をむかえて、
また春がいくのを、じっと見ていた。
きっとぼくだって、そうしただろう。

星がふる夜、空を見上げて、
花が咲く春、まわりを見まわし、
妖精たちが歩くのを見て、
草むらの森で、じっとまっていた。

ハチのうなりや、テントウムシの羽音を
じっとだまって、きいていた。
あたまの上を、チョウがとぶのを
よこになったまま、じっと見ていた。

なにがあったか、なにもいってくれない
ぼくの兵隊、知ってることを、なにもいわない。
だからぼくは兵隊を、棚にねかせて、
かわりに、おはなしをつくってやるの。

秋のたき火

谷間にそった家々《いえいえ》で、どこの庭でもたき火する
谷をのぼっていく煙
秋の落ち葉を燃すたき火、
見てごらん、煙がのぼっていくようす！

たのしい夏はもうすぎて、
花々もみな枯れました。
今は赤いたき火のもえる秋、
灰いろの煙がたちのぼるとき。

季節があって、うれしいな。
四季それぞれに、みなすばらしい！
夏は花々、
秋にはたき火！

庭師のじいや

庭師のじいやは、しゃべるのがきらい。
「ふむのは砂利のしいてあるところだけ！」って、ぼくにいう。
道具をしまうと庭師のじいやは、
小屋の戸をしめ、カギかけていく。

畑のスグリのうねよりむこうは、
「コックのほかは、はいっちゃならん！」
背がたかく、陽にやけた、一途にまじめな庭師のじいや、
むっつりうねをおこしてる。

赤や緑や青い花、いろとりどりの花の根元をたがやしながら、

「わしにはなしかけるなよ」

草を刈ったり、花の手入れにいそがしく、

「あそぶひまなどありゃせんぞ。」

なんておバカな庭師のじいや！
夏がすぎれば冬がきて、つま先こごえる寒さになるよ。
畑もはだかで、土だけになり、
手押し車はもうつかえない。

夏のあいだに畑の手入れ
せっせ、せっせとするのはいいけど、
でも、ね、今のうち、ぼくと一緒にインディアンごっこ、
やっとくほうが、いいとおもうよ！

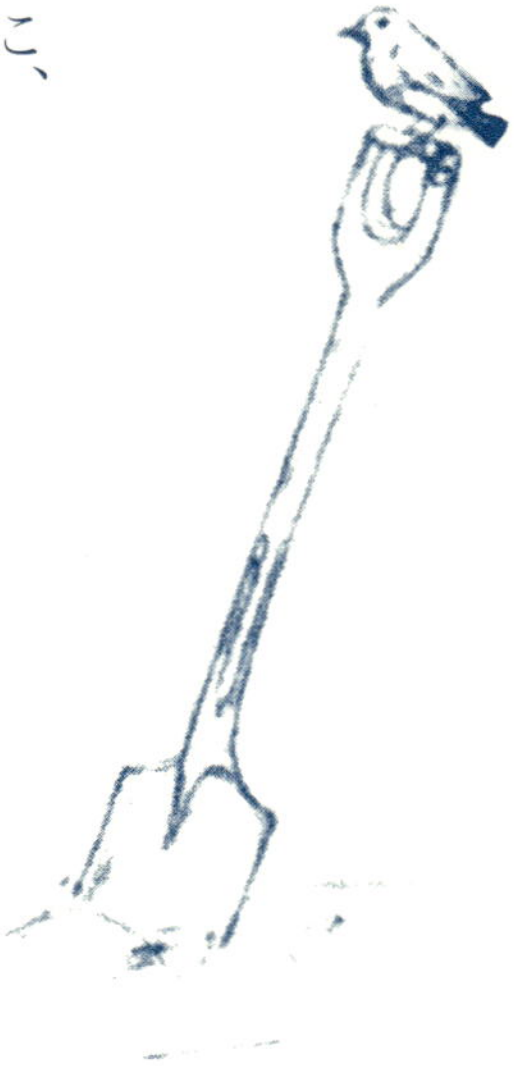

歴史をとおって

ぼくのだいすきなジムおじさん、
今おじさんがパイプをくゆらし歩いているこの庭で、
むかしすごい戦争があったんだ。
負けいくさも勝ちいくさも、勇敢《ゆうかん》な戦いが。

だから、そーっと歩くほうがいいよ。
ぼくがさきにたって、安全かどうか、見るからね。
この土地は魔法にかかってて、
ここを歩く人は、ぐっすり眠ってしまうんだ。

ここは海で、ここは砂漠だ
ここはヒクソス王朝のあと、
ここには妖精のタチアオイがある。
そしてここには、アリババの岩が。

あっ、むこうを見て！　ずーっとむこうの、はるか高くに、
氷におおわれたシベリアが見える。

そこにぼくは、ロバート・ブルースと、ウイリアム・テルと共に
魔法にかかって、つながれていたの。

鎖につながれ、よこたわる
昼なお暗き地下牢に。
でも、とうとう力がわいてきて、
鉄の足かせぶっとばす！

町中に鳴る角笛の音、
くずれる城壁にむかって、つっぱしる。
巨人たちは馬にとびのり、
エニシダかき分け、おいかけてくる。

ぼくらの馬はどんどんかけて
あおい山並み越えていく。
しずかに流れる川に沿い、波のとどろく海をこえ
タタール人の、盗賊の森をぬけ

早いのなんの、何千マイルもかけつづけ、
魔女の横丁かけぬけて、
刀ふりふりまっしぐら、
浅瀬をわたり、丘こえて。

とうとうぼくらの庭につく。
バビロンの門の前に来て、軍馬をおりたぼくら三人、
つかれてぐったりしているが、
やっと、お茶の時間に間にあった。

おわりに

ウイリーとヘンリエッタに

むかしの日々のたのしいことや、
家のうちそと、庭でのあそび、
そのようなことをうたったこの詩を
ぼくのいとこのきみたちは、きっとわかるね。

みどりの庭で、きみは女王でぼくは王、
ときには狩人、兵隊にもなり、
船乗りにもなり、いろいろほかの
子どもがなれるどんなものにもなった。

今、ぼくらは年をとり、
椅子にゆったり腰かけて、
出窓のそとの緑の庭で、
ぼくらのあとにきた子どもらが、遊ぶのを見る。

「むかしのことだ」というけれど、
もどってこない過去の日々、
どんどんあとに流れていくが、
あとにのこるは、愛、いとおしさ。

かあさんへ

かあさん、あなたもこのわたしの詩《うた》を読み、
わすれられない昔の日々の、
あのいとおしさを思い出し、
小さな足が、ピタパタと床を打つ音を
いまいちど聞いてくれるでしょう。

ぼくのおばちゃんへ

ぼくらのおばちゃんのなかの、一番大切なおばちゃん。
ぼくと、それからたくさんの甥《おい》、姪《めい》たちがさけぶ。
「むかし、子どもたちは、何をしてあそんだの？
あなたのようなおばちゃんが、いない子どもたちって、
いったい何をしてあそんだの？」

ミニーへ

深紅《しんく》の部屋の大きなベッド
それには大人しか、寝ることがない。
でも、あのすてきな部屋で、きみとぼく、
ちょっとの間《ま》、いっしょに寝ていたことがあったっけ。
そのときぼくは、子どものけがれない手をきみにさしのべ、
結婚してよと、たのんだりした。
それはいちばんすてきな子ども部屋。壁には絵があり
ブラインドには、葉っぱがぺったりくっついていて――
目をさませば、窓のそとでは、
木の葉が風にさやさやと、
なるのがきこえてきたものだ。
あたまの上にはいくつもの
絵がかかっていて、それを見た。
セバストポリの戦いの絵や、
壁からいくつもの銃がつきだしていて、
城壁を攻撃する絵もあった
海ゆく船も、牧場の羊も。

足首までのびた草のなか、
走ったり、歩いたりして
笑いさざめく子どもたち。
でも、すべてはみな消え去って、
古い大きなお屋敷は、今ではちがう顔してる。
そこに住むのは見知らぬ人々。
今でも川は、流れてる。水車から水車へと、
ぼくらがあそんだあの庭を、とおって流れていくけれど、
ああ！　子どもたちはもういない。
水門のそばでのぞきこむ、子どもの顔はもう見えない。
それでもあのイチイの木の下で　──　その木は今もそこにある　──
かすかな声がいっている。
「バビロンまでは何マイル？」
ぼくらはそうしてあそんだものだ。

ああ、なんて遠いところだろう。
そんなに遠いところまで、「夕ぐれまでに、行きつけるかな？」
古い歌ではそうなってるが、きみはもっと、遠くに行ってしまった！
行きつけるのか、つけぬのか、ぼくにはなんともわからない。
きみならわかるかもしれないが。

子どもらよ、よくおきき。この日々は、二度ともどってはこないのだ。
永遠の空は明けそめて、丘にも野にも日がさして、

星ぼしは消え、ローソクの灯も消えていく
ぼくらがもいちど子どもになるまえに。
遠いインドにいるきみに、はるかな広い海を越え、
この思い出を、ぼくはあなたに送りましょう。
思い出は、そんなに遠くにあるのではない。
ぼくらはけっして忘れない。あのインドの古い飾り棚。
カモシカの骨にアホウドリの羽、まだらもように塗られた鳥に、
きみょうな豆に、ジャラジャラ音する足首飾り、いろんなビーズにきれいな屏風《びょうぶ》。
神々の像に、聖なる鐘に、海の音する巻き貝を、忘れられるものじゃない。
客間の床は、スコットランドの海岸で、ぼくらになじみのなつかしい土地。
椅子にのぼって、見たものだ
ああ、すばらしい東洋を見た！

これは夢かもしれないが、
ぼくは今も、あの古い客間にいる
そこには、あの古びたインドの飾り棚があって、
ぼくの頭上にきみがいて、いろいろなものをおいている。
ぼくにとどかぬ高いところに、やさしくにっこりほほえみながら。
ああミニー、手を下にのばしてうけとっておくれ、
むかしなじみの友だちの、この詩《うた》のかずかずを。

わたしの名付け子へ

1

やがてきみが大きくなって、
ご本がよめるようになったらね、
ちっちゃなルイス・サンチェスくん
この詩の本をあげましょう。
すると、きみは見るでしょう、じぶんの名まえがこの本に
ちゃーんと印刷されているのをね。
ずっと昔にイギリスの、ロンドンの街で印刷されたこの本に。

東と西がであう街、大きなさわがしい街ロンドンで、
印刷所のおじさんが、小さな活字を組み合わせ、
この本をつくったのです。そしてたくさんの、
外国の人もきみの名を、この本の中によみました。
きみがまだ小さくて、あそびもできず字もよめず、
なにも知らないでいるときに。

そうだよ、きみがまだ赤ちゃんで、
ベッドでぐっすりねむっているときも、

イギリスの島々にいる子どもたち、この本を手にとり読みました。

海をこえた国々で、子どもたちは聞きました。

「ちっちゃなルイスって、だれのこと、ねえ、おかあさんおしえてよ」

2

さあ、お勉強もすみました。
本をおき、そとへ遊びにおいでなさい。
モントレーの海岸で、貝がらをさがし、海草を、
砂の中から見つけなさい。風に吹かれてうずまった、
大きなクジラの骨だとか、ちっちゃなイソシギ見つめたり、
うなりをあげる太平洋、はるかに見たりして遊びなさい。

きみが遊んでいるときに霧が出て、きみに向かって近づいてきたら、
思い出してみるんだよ、わたしがおしえてあげたこと。
きみが本を読めるようになるずっと前、
きみがまだ、だれのことも知らぬのに、
おおぜいの人がきみのことを思い、
地球のはんたいがわから見ていたことを。
モントレーの海岸で、ちっちゃなルイスが遊んでいるのを、
いつもだれかが思っていたのを！

この本を読む子どもたちへ

きみのかあさんは窓越しに、
庭で遊んでいるきみを、見るでしょう。
きみも、この本の窓をとおして、
遠くの遠くの、ある庭で
ひとりの子どもが遊んでいるのを見るでしょう。
でも、いくら窓ガラスをコツコツと、たたいてみても、
その子にその音は聞こえない。
自分のあそびに夢中になって、
その子には、何も見えない、聞こえない。
この本の中から呼び出すこともできはしない。
なぜって、その子は、ほんとうは、
はるか昔に大きくなって、その庭から出ていって、
今はそこには、おりません。
その庭に今もいるのは、その子の心。
今も、心はその庭にとどまって、こうして遊んでいるのです。

訳者あとがき

もうずいぶん前になりますが、ニューヨーク公共図書館で児童図書館員として働いていた時、同僚がよく詩を読んでくれました。その時私はスティーヴンソンのいくつかの詩を聞いて、そのリズムと脚韻による韻律の響きの楽しさ、そこから湧き上がるイメージの心躍る思いに、初めて「詩ってなんて楽しいんだろう！」と感じました。そうしてだんだんそれまでもっていた〝詩に対する抵抗感〟とでもいったものが薄れていき、いろんな詩が楽しめるようになったように思います。

それから長い間、この本の中のいくつかの詩を自分なりに日本語に移し替えて、自分の子どもや、文庫に来る子どもたちと一緒に楽しんできたのですが、それにとどまり、それ以上のことをしようとはしませんでした。ところが昨年（二〇〇九年）、兵庫県子どもの図書館研究会で「子どもと分かちあう詩」をとりあげたとき、仲間の熱心な懇望に突き動かされ、『子どもの詩の園』という邦題で知られてきたこの本の中の詩を全部訳してみようと思い立ちました。そう思って今一度この本を読み直してみると、これまで以上にそこに描きだされている子どもの弾むような喜びや驚き、あこがれやおそれなどが生き生きと迫ってきました。そしてこれらの詩は、今まで漠然と思っていたように、ひとりの大人（スティーヴンソン）が、子どもを楽しませようと思って、子どものことを思いながら書いた詩ではなく、彼自身の子どものときの喜びや楽しみが、今も彼の心の中に生き生きとした形で存在し、突き上げてくるようなその思いを綴ったものなんだ、と感じました。

スティーヴンソンは最初この本の中の詩のいくつかを、『宝島』を書く合間に綴ったということです。心の中によみがえってくる子どもの頃の思いが、とめようにもとまらず詩の形をとって溢れ出てきたようです。そのほかの何篇かは、のちに彼がふたたび病の床について、苦しい日々を送っていた時、またまた子どものころの幸せな日々が思い出されてならず、書きついでいったのだということが、彼が友人にあてた手紙の中で明かされています。

ですから私は、この本は、あくまでも「スティーヴンソンの子どものころの喜びが詩に託され、その詩の花がいっぱい咲いている園、或いは庭」といえるのではないかと思います。あくまでも個人的な思いではあるけれども、それはまた限りなくすべての子どもの心と共通の思いであって、だからこそ普遍性をもっているのではないでしょうか。それは全ての優れた子どもの本に相通じるものでしょう。この本の真髄は、この本の中の最後の詩、「この本を読む子どもたちへ」の中に端的に示されているように思います。

その庭に今もいるのはその子の心
今も、心はその庭にとどまって、こうして遊んでいるのです。

「あなたも、ぼくの子どものときの喜びをうたった詩でいっぱいのこの庭に来て、一緒に遊びませんか？」というスティーヴンソンの呼びかけが聞こえてくるような気がします。そういう意味で、この本の題を、『ある子どもの詩の庭で』とさせていただきました。

詩というものは本当に難しく、脚韻を日本語に生かせないことは許していただこうと割り切っても、迷うことの多い翻訳作業でした。解釈に迷い、考えに考えて頭がこんぐらがってしまった時、助けを求めたのは神戸在住のデニス・バーレンドさんでした。バーレンドさんはその都度、周到な考察を加え、示唆に富んだ助言を与えてくださり、霧の中で迷っている私を助けてくださいました。ここに心から深い感謝をささげます。

また、これらの詩を自らも楽しみ、図書館で子どもたちと共に分ちあって、貴重なご意見をよせてくださった北里佐和子さんにも心から感謝申し上げます。それから、最初にこの大事業に取り組むきっかけを与えてくださった兵庫県子どもの図書館研究会の仲間たちにも、「ほんとうにありがとう」とお礼を言いたいと思います。

多くの方々がスティーヴンソンと子どもの心を共にし、耳を通して子どもの心にお届けいただき、楽しみを分かち合ってくださることを望みつつ。

二〇一〇年九月　　　　間崎ルリ子

さくいん
和名タイトル（五十音順）

INDEX
原題（アルファベット順）

ロバート・ルイス・スティーヴンソン（1850〜1894）
1850年スコットランドのエジンバラ市に生まれる。病弱のため療養にフランス、アメリカと転地をくりかえした。1883年息子のために書いた冒険小説『宝島』が出版されるやベストセラーとなり世界的に著名になった。1889年家族と共にサモア諸島に移住したが、1894年脳出血のため44歳でこの世を去る。名作『ジキル博士とハイド氏』（1886年）ほか著書多数。

イーヴ・ガーネット（1900〜1991）
1900年イングランドのウスターシャー州生まれ。奨学金をえて王立美術アカデミーで学ぶが病気のため半ばで断念した。ロンドンの児童会館の壁画を描いたり、1939年にはテイト美術館で展示会も開いている。児童文学作品に、ロンドンの下町の貧しい一家を描いて、第２回カーネギー賞を受賞した『ふくろ小路一番地』（1937年）があり、世界中の子どもたちに愛される古典となっている。

間崎ルリ子（1937〜　　）
長崎市生まれ。慶應義塾大学図書館学科卒業後、アメリカに渡る。ニューヨーク公共図書館勤務を経て、1968年より2015年まで神戸市の自宅で鴨の子文庫を主宰。訳書にフラック『あひるのピンのぼうけん』デ・ラ・メア『孔雀のパイ』（小舎刊）、エッツ『もりのなか』、ポター『こぶたのロビンソンのおはなし』（福音館書店）、リーヴス『詩集 ライラックの枝のクロウタドリ』（こぐま社）など多数。共訳にアニス・ダフ評論集『つばさの贈り物』（京都修学社）がある。

改訂版 ある子どもの詩の庭で　2010年9月9日初版発行　2019年12月1日改訂版発行
ロバート・ルイス・スティーヴンソン＝詩／イーヴ・ガーネット＝絵／間崎ルリ子＝訳
発行者　井上みほ子
発行所　株式会社瑞雲舎　〒108-0074 東京都港区高輪2-17-12-302
電話 03-5449-0653　FAX 03-5449-1301　郵便振替00130-0-96349
印刷・製本　株式会社東京印書館
乱丁・落丁本は、小舎あてご送付ください。送料小舎負担でお取り替えいたします。
ISBN 978-4-907613-29-7 C0098
http://www.zuiunsya.com

作品中には、今日では不適切とされる語句がありますが、この詩集の書かれた時代背景を鑑み、あえてそのまま使用しております。